MARVEL

# BLACK PANTHER

**Texte de Jim McCann.**

Édité par Hachette Livre.

Traduction : Blandine Longre.
Création graphique : Marie Drion.

Hachette Livre, 58, rue Jean-Bleuzen, 92178 Vanves Cedex.

MARVEL

# BLACK PANTHER

LE ROMAN DU FILM

hachette
JEUNESSE

# BLACK PANTHER
## T'CHALLA

En tant que nouveau roi du Wakanda, T'Challa doit non seulement faire face à la perte soudaine de son père, mais aussi défendre sa nation contre deux ennemis prêts à tout pour la détruire. Équipé de son costume dernier cri, Black Panther doit utiliser sa force, sa vitesse et ses sens accrus pour protéger le Wakanda et le reste du monde.

## NAKIA

**Alors qu'elle se trouve en mission à l'étranger, Nakia est rappelée au Wakanda par le nouveau roi T'Challa, qui est également son ami d'enfance. Très engagée dans la cause humanitaire, elle met cette fois ses talents d'espionne et de combattante au profit de son pays et de Black Panther.**

## OKOYE

***Okoye est la chef des Dora Milaje, un groupe de guerrières exclusivement féminin. Fervente défenseuse des Wakandais, sa loyauté ne l'empêche pas de questionner son roi quand elle le juge nécessaire. Aussi redoutable par ses mots qu'avec sa lance, elle est prête à tout pour son pays.***

## SHURI

**Shuri est la petite sœur de T'Challa. Elle fait partie du comité de direction du Groupe de conception wakandais, la firme qui développe les technologies les plus avancées de la nation. Innovante, intelligente et inspirée, c'est elle qui a créé le nouveau costume en vibranium de Black Panther.**

Les catacombes qui se trouvent sous le palais royal du Wakanda forment un dédale de galeries sinueuses, dans lequel il est facile de s'égarer. Mais pour le jeune prince T'Challa et sa téméraire camarade de jeu, Nakia, c'est l'endroit idéal pour faire la course.

— Tu n'arriveras pas à m'attraper, Nakia ! s'écrie le garçon en riant.

Il s'élance comme une flèche dans un passage, se faufilant dans des recoins et prenant des raccourcis qui n'ont aucun secret pour lui : il les connaît aussi bien que le palais dans lequel il a grandi. La fillette s'engouffre dans un renfoncement, bondit au-dessus d'un tas de pierres et atterrit dans la galerie principale, à quelques pas devant T'Challa.

— Qui a dit que j'essayais de t'attraper ?! s'exclame son amie avec un sourire narquois. C'est une course, pas vrai ?

Les deux enfants courent à perdre haleine, sans se soucier des pointes rocheuses et des cavités qui les entourent : ils s'en servent d'appuis pour prendre la tête à tour de rôle.

Bientôt, une ouverture lumineuse apparaît devant eux, indiquant la ligne d'arrivée toute proche. T'Challa et Nakia accélèrent encore l'allure. Soudain, le garçon s'élance contre une paroi, exécute un saut périlleux au-dessus de la fillette et retombe sur une corniche, remportant la course de justesse.

— Un jour, tu perdras tes moyens et je pourrai alors gagner ! affirme Nakia, furieuse.

— Le prince du Wakanda ne perd jamais ses moyens ! réplique fièrement le garçon.

— Plus un geste ! ordonne une voix autoritaire en contrebas.

Les deux enfants se taisent immédiatement et se figent sur place. Ils se sont fait repérer par le roi T'Chaka, le père de T'Challa, la seule personne que le garçon redoutait de trouver là.

— Approchez, ajoute le souverain.

— Oui, Baba, acquiesce le jeune prince.

Nakia et lui descendent de la corniche et s'avancent vers T'Chaka. L'air majestueux, le roi se tient au milieu d'une vaste chambre souterraine.

— Nous sommes dans la salle des Rois, mon fils. Tu dois respecter ce lieu.

— Oui, Baba, répond humblement T'Challa.

— Il y a autour de nous des kilomètres de jungle où Nakia et toi pouvez faire la course. En revanche, cet endroit est sacré. Un jour, j'y rejoindrai nos ancêtres et tu viendras me rendre hommage comme je le fais aujourd'hui, afin d'être guidé par les conseils qu'ils me murmurent.

— Je comprends, Baba, dit le garçon, qui a pourtant du mal à imaginer que son père puisse mourir un jour.

T'Chaka lui sourit.

— Je dois partir, à présent, mais reste ici un moment afin d'honorer les souverains du Wakanda qui m'ont précédé.

Le roi quitte la salle en compagnie de Nakia et laisse son fils seul parmi ses ancêtres.

*De nos jours.*

T'Challa n'a pas oublié les courses qu'il disputait avec son amie Nakia ni les paroles de T'Chaka. Debout dans la salle des Rois, le jeune homme contemple le cercueil de son père.

— Vous aviez raison, Baba, chuchote-t-il d'une voix étranglée par l'émotion.

Cet endroit est sacré. Je regrette simplement de n'avoir pas pu vous ramener sain et sauf de Vienne, ajoute-t-il en effleurant le cercueil du bout des doigts.

Depuis le seuil de la chambre souterraine, un garde se racle la gorge.

— Prince, votre vaisseau vous attend, annonce-t-il.

T'Challa observe le cercueil, ferme les yeux et garde le silence.

— Merci pour vos conseils et pour ceux de nos ancêtres, murmure-t-il au bout d'un moment. Je m'efforcerai d'être votre digne successeur.

Le prince se penche et dépose un baiser rapide sur le cercueil, avant de rejoindre le *Royal Talon Fighter*.

*Chibok, Nigeria.*

Les six camions qui forment le convoi militaire serpentent à travers la jungle. Dans chaque véhicule, un mercenaire installé sur le siège du passager fouille la végétation du regard, à l'affût du moindre danger. Il ne leur vient pas à l'esprit de lever les yeux vers le ciel, où un vaisseau camouflé est sur le point de passer à l'attaque.

Dans le cockpit du *Royal Talon Fighter*, T'Challa a revêtu son équipement de Black Panther, à l'exception de son casque, qu'il tient à la main. La pilote, Okoye, est à la tête des Dora Milaje, des guerrières d'élite qui ont fait le serment de protéger la famille royale du Wakanda. Okoye est aussi une amie de longue date de T'Challa, qu'elle a vu grandir.

— As-tu été en contact avec elle depuis son départ ? demande-t-elle au prince.

— Non, elle avait besoin qu'on la laisse tranquille, répond-il.

— Pendant deux ans ? s'étonne Okoye.

— Oui, je sais, c'était imprudent, soupire T'Challa.

La guerrière et le prince s'approchent d'une table de vibranium noir, placée au centre du *Royal Talon Fighter.* Ils observent un petit tas de sable, qui commence à se mouvoir et à former un modèle miniature du convoi avançant en contrebas.

— Les prisonnières sont dans les deux camions du milieu, déclare Okoye.

Celle que tu cherches se trouve sûrement dans l'un d'eux.

— Compris, dit T'Challa avant d'enfiler son casque et de prendre les six perles Kimoyo que la guerrière lui tend.

— Ne perds pas tes moyens quand tu la verras, conseille-t-elle en souriant.

— Je ne perds jamais mes moyens, rétorque froidement le prince.

Pourtant, les battements de son cœur s'accélèrent à l'idée de la revoir enfin.

La Dora Milaje va s'asseoir dans le fauteuil de pilotage et desserre le poing. Aussitôt, la plate-forme sur laquelle se tient Black Panther s'ouvre sous ses pieds, et il se met à chuter à travers les nuages, virevoltant avec la grâce d'un danseur et la souplesse d'un félin. Tout en plongeant vers le sol, il jette les perles Kimoyo. Celles-ci se transforment en disques et viennent chacune se fixer en silence sur l'un des six camions.

Black Panther atterrit dans les broussailles qui bordent la route et bondit dans un arbre. Tout à coup, les disques émettent une onde qui se propage d'un véhicule à l'autre, les immobilisant instantanément. Intrigués, les conducteurs sortent des camions, tandis que les mercenaires lancent des regards inquiets autour d'eux. Depuis sa cachette, T'Challa observe l'un des véhicules situé au milieu du convoi, et aperçoit une dizaine de femmes de Chibok blotties à l'arrière. Le clair de lune illumine leurs visages terrifiés. L'un des deux gardes qui se trouvent avec elle est un garçon d'une douzaine d'années. Parmi les prisonnières, Black Panther reconnaît celle qu'il cherche.

Nakia.

De plus en plus nerveux, les mercenaires sentent qu'une menace inconnue plane sur eux. Black Panther préfère attendre encore un peu avant d'agir.

— Par ici ! crie l'un des conducteurs en distinguant un mouvement dans les feuillages.

Deux gardes approchent d'un pas prudent et perçoivent un bruissement dans les fourrés. Ils lèvent leurs fusils, prêts à tirer, quand deux chiens sauvages émergent des buissons. C'était une fausse alerte. Les mercenaires se tournent vers leur chef, mais avant qu'il puisse leur lancer un ordre, Black Panther saute du haut de l'arbre et atterrit sur les deux hommes, qui, sous le choc, perdent connaissance.

— Feu ! commande leur meneur.

À l'intérieur du camion, Nakia comprend qu'il est temps de passer à l'action. Elle se précipite sur le plus âgé des deux gardes et l'assomme. Puis elle se dirige vers le plus jeune mercenaire, qui la dévisage d'un air effrayé. Nakia le désarme sans difficulté, et le garçon s'échappe du véhicule. Nakia fait alors signe aux autres femmes de se préparer à fuir.

Pendant ce temps, les mercenaires tirent sans relâche sur Black Panther, mais leurs balles ricochent contre son costume de vibranium et s'éparpillent sur le sol autour de lui. Toutes griffes dehors, T'Challa tournoie sur lui-même, esquive et distribue des coups, neutralisant ses adversaires les uns après les autres. Parfois, il bondit dans un arbre pour réapparaître quelques secondes plus tard du côté opposé de la route afin de surprendre l'ennemi.

Soudain, Black Panther se retrouve face au jeune mercenaire. Il serre le poing, prêt à frapper, quand une voix familière l'interrompt :

— Non ! Laisse-le !

C'est Nakia, qui est en train d'encourager les femmes à sortir du camion. L'une d'elles pousse alors un cri perçant. Le mercenaire qui s'est emparé d'elle hurle en direction de Black Panther :

— Je sais qui tu es ! Le chat-démon, gardien des âmes. Tu n'auras pas la mienne !

— Tu me connais, vraiment ? gronde T'Challa. Je ne suis pas le chat-démon, mais Black Panther.

Il s'apprête à sauter sur l'homme, quand Okoye surgit sans prévenir et tranche le fusil du mercenaire à l'aide de sa lance, avant de lui décocher un coup de pied circulaire qui le projette à terre.

— Tu as perdu tes moyens, dit-elle à Black Panther avec un sourire taquin.

Celui-ci lève les yeux au ciel avant de se tourner vers Nakia. Face à celle qu'il n'a pas vue depuis deux ans, il sent l'émotion l'envahir. De son côté, Nakia essaie de dissimuler le soulagement qu'elle éprouve. Un silence s'installe entre eux, comme s'ils ne savaient pas quoi se dire après une si longue séparation.

Black Panther se ressaisit et désigne le jeune mercenaire qui tremble de peur.

— Que va-t-on faire de lui ? demande-t-il à Nakia.

— Ces femmes ont été enlevées dans leur village, explique son amie. Je suis sûre qu'il a lui aussi été kidnappé, et que les mercenaires l'ont obligé à combattre à leurs côtés. Il est trop jeune pour qu'on le tienne responsable des crimes de ces hommes, et je crois qu'il sera content de retrouver sa famille.

Elle s'adresse à l'enfant dans sa langue maternelle, et il hoche la tête avec empressement avant de courir vers les femmes qu'Okoye aide à descendre des camions.

— Comme tu voudras, Nakia, reprend Black Panther. À présent, il est temps de repartir pour le Wakanda.

— J'ai pour mission de sauver ces femmes et toutes celles qui ont subi le même sort ! s'emporte son amie. Cela fait deux ans que je me consacre à cette tâche, et maintenant, tu viens m'ordonner de rentrer chez nous ?

T'Challa ôte son casque et pose doucement la main sur l'épaule de Nakia.

— Je dois te dire... Le roi, mon père... a été tué lors d'une attaque dans le monde extérieur, murmure-t-il.

La jeune femme sursaute, visiblement bouleversée par la nouvelle.

— Nous avons essayé de te contacter avant ses funérailles, mais tu étais trop impliquée dans ta mission, continue le prince. Nous n'avons pas pu te joindre à temps.

Nakia réprime un frisson. La famille royale a toujours été proche de la sienne, et elle considérait le roi T'Chaka comme un second père.

— Je suis vraiment navrée, finit-elle par dire en prenant la main de son ami pour le réconforter. Comment vont Shuri et Ramonda ?

— Ma sœur et ma mère sont fortes. La cérémonie du défi aura lieu demain aux chutes du Guerrier, et l'Ancien de la tribu de la Rivière compte sur ta présence.

T'Challa se tait un bref instant avant d'ajouter :

— Moi aussi, j'aimerais que tu sois là.

Nakia hoche la tête, puis s'adresse au groupe de femmes dans l'une des langues du Nigeria :

— Vous êtes libres de rentrer chez vous. Nous empêcherons d'autres mercenaires de revenir vous enlever.

— Ne craignez rien, précise Okoye. Nous avons tracé un chemin qui vous mènera jusqu'à votre village et nous veillerons sur vous depuis notre vaisseau. N'ayez plus peur, mes sœurs.

Tandis que les femmes et le garçon s'éloignent à travers la jungle, Black Panther, Okoye et Nakia se dirigent vers le *Royal Talon Fighter*. Une fois à bord de la navette, T'Challa et Nakia s'assoient l'un à côté de l'autre. Le prince ouvre la bouche, mais ne parvient pas à trouver les mots capables d'exprimer ce qu'il ressent. Heureusement, Nakia lui tourne bientôt le dos et se blottit sur son siège. T'Challa comprend qu'elle a besoin de se reposer. En soupirant, il scrute la nuit noire par la vitre du cockpit, les yeux dans le vague. Ce que Nakia et lui ont à se dire attendra leur arrivée au Wakanda.

Nakia a pourtant les yeux grands ouverts. Elle fouille son cœur, sans savoir comment entamer une conversation avec son ami. Cela fait tellement de temps qu'ils ne se sont plus parlé. Tandis qu'Okoye met le vaisseau en marche, Nakia s'oblige à fermer les yeux. Elle ne se doute pas que T'Challa n'arrête pas de lui jeter des regards en espérant qu'elle prendra la parole la première.

Le *Royal Talon Fighter* décolle en silence.

Des centaines de kilomètres plus tard, Nakia a finalement sombré dans le sommeil – c'est la première fois qu'elle dort aussi profondément depuis le début de sa mission, deux ans plus tôt. De son côté, T'Challa est tiraillé entre les responsabilités qui l'attendent en tant que membre de la famille royale, et la femme qui se repose paisiblement près de lui.

— Nakia, prince T'Challa, nous arrivons chez nous, annonce Okoye, rompant le silence.

Le *Royal Talon Fighter* plane un instant au-dessus d'une forêt tropicale à la végétation luxuriante, avant de plonger en piqué à une vitesse inouïe. Dès qu'il passe la cime des arbres, la forêt – un hologramme projeté sur une étendue de milliers de kilomètres – disparaît comme par magie, dévoilant les terres du Wakanda en contrebas. Des gratte-ciel et des immeubles se dressent au milieu de la jungle, et un réseau de chemin de fer sophistiqué se faufile d'une rue à l'autre. Le *Royal Talon Fighter* se dirige à présent vers la capitale du pays, la très animée Cité dorée, où la technologie se confond harmonieusement avec la nature environnante.

Le vaisseau se rapproche du Palais doré. Dominant la ville comme un phare dont tous les citoyens sont fiers, le somptueux bâtiment scintille au clair de lune grâce aux pierres précieuses et aux plaques d'or qui ornent ses murs. Le *Royal Talon Fighter* se pose sur une piste d'atterrissage aménagée devant l'un des étages supérieurs du majestueux palais. Dès que les portes s'ouvrent, T'Challa retrouve avec plaisir sa sœur Shuri, âgée de dix-huit ans, et Ramonda, la reine mère. Toutes deux l'attendent en compagnie des Dora Milaje.

— Comme vous pouvez le constater, il n'y avait pas lieu de s'alarmer, mère, déclare T'Challa en embrassant Ramonda sur les deux joues. Nous sommes revenus sains et saufs. Et toi, petite sœur, tu as réussi à quitter ton laboratoire un instant afin de nous accueillir ? Quelle agréable surprise !

Shuri le serre contre elle.

— Alors ? A-t-il perdu ses moyens ? chuchote-t-elle à Okoye, assez fort pour que son frère l'entende.

— Comme une antilope affolée dans la lumière des phares ! réplique la guerrière, moqueuse.

— J'en étais sûre, affirme Shuri d'un air triomphant.

— Je n'ai pas perdu mes moyens, grommelle T'Challa avec amertume.

— Et les perles Kimoyo, comment ont-elles fonctionné ? demande la princesse. Je crois pouvoir encore les améliorer.

Pleine d'énergie, Shuri a toujours l'esprit en ébullition. Elle passe son temps à réfléchir et à imaginer de nouvelles créations. Malgré son jeune âge, elle est un membre respecté du Groupe de conception wakandais, la firme qui développe les technologies les plus avancées de la nation.

— Les perles ont fonctionné comme prévu, répond T'Challa. Tout s'est parfaitement déroulé.

— Combien de fois dois-je te le répéter, mon frère ? soupire Shuri. Ce n'est pas parce que quelque chose marche bien qu'il faut s'en satisfaire : il est toujours possible de le perfectionner.

Elle se tourne alors vers Okoye, qui lui rend les perles.

— Merci, princesse, dit la Dora Milaje. Je suis impatiente de découvrir ce que tu vas inventer d'autre à partir de ces objets.

Pendant ce temps, Ramonda prend son fils dans ses bras.

— Je te remercie d'avoir ramené Nakia chez nous, T'Challa, murmure-t-elle.

— Elle ne voulait pas revenir, explique le prince. Si je ne lui avais pas parlé de la cérémonie, elle serait probablement restée au Nigeria.

— Le fait que tu sois allé la chercher l'a certainement encouragée à prendre cette décision, comprend la reine. Nakia est têtue, tout comme toi. Il est peut-être temps que tu apprennes à ouvrir ton cœur...

Embarrassé, T'Challa hausse les épaules et préfère changer de sujet.

— Comment allez-vous, mère ?

— Je ressens une très grande fierté, répond-elle avec un sourire affectueux. Ton père et moi, nous parlions très souvent de ce jour. Et voilà, il est enfin arrivé.

Le prince a pourtant du mal à cacher le chagrin qu'il éprouve.

— J'aurais préféré que ce moment arrive moins vite, chuchote-t-il. T'Chaka devrait encore être auprès de nous.

Ramonda passe un bras autour des épaules de son fils.

— Bast, le dieu-panthère qui nous protège, en a voulu ainsi, et il nous faut l'accepter. C'est maintenant à ton tour d'être roi, T'Challa.

Tandis qu'ils pénètrent dans le palais, le prince repense au cercueil de T'Chaka, placé au centre de la salle des Rois. Demain, le Wakanda couronnera un nouveau souverain, et T'Challa espère qu'il sera digne de l'héritage de son père.

Au zénith dans un ciel d’azur, le soleil illumine la rivière wakandaise, qui grouille de bateaux poussés par le courant. Ils sont occupés par des représentants des quatre tribus du royaume : celle des Mineurs, celle de la Rivière, celle de la Frontière et celle des Marchands. La barque de cérémonie avance à l’arrière de la procession. À son bord se sont installées la garde royale, les Dora Milaje, la reine Ramonda et la princesse Shuri.

Ces deux dernières sont vêtues de leurs plus beaux costumes.

Peu habituée à porter une tenue pareille, Shuri est nerveuse.

— J'ai l'impression de faire partie d'une troupe de danseuses, dit-elle à Ayo, l'une des Dora Milaje.

— Tu ressembles davantage à Beyoncé, princesse, répond celle-ci en souriant.

Ramonda lance un regard plein de reproches à sa fille.

— Tiens ta langue et ouvre les yeux, conseille-t-elle en désignant le rivage, où des milliers de Wakandais marchent vers la même destination. Ces rituels sont essentiels pour notre nation, et la cérémonie d'aujourd'hui renforcera notre unité. Chaque tribu présentera son meilleur guerrier. Celui-ci décidera de se battre pour accéder au trône ou choisira de renoncer et de faire confiance à notre famille.

— Si tu le voulais, princesse, tu aurais toi aussi le droit de défier ton frère, fait observer Ayo, taquine.

Shuri lève les yeux au ciel.

— Pour passer mes journées coincée sur un trône en compagnie des Anciens ? Non merci ! Mon laboratoire est mon royaume, et il me suffit.

Les bateaux s'approchent des chutes du Guerrier et accostent enfin. La garde royale débarque et va se placer au pied de l'immense cascade. Un par un, les soldats plantent leurs boucliers dans le sol, formant un barrage improvisé qui détourne le cours d'eau : l'étang qui se trouve en contrebas se vide pour dévoiler l'arène des Défis.

Les membres de la famille royale prennent place sur des gradins taillés dans la pierre. Les Wakandais, impatients d'assister au spectacle, se rassemblent derrière eux. Shuri jette un coup d'œil vers les sièges réservés à la tribu de la Rivière et, en apercevant Nakia, lui adresse un petit signe de la main. Au-dessus des gradins, les milliers de gens qui ont marché le long du rivage jusqu'aux chutes du Guerrier se sont immobilisés, attendant le début de la cérémonie.

Un homme d'une cinquantaine d'années entre dans l'arène. C'est Zuri, le grand chamane, armé de la lance de Bashenga. Un Ancien et un guerrier de chaque tribu viennent le rejoindre au centre du terrain.

— Moi, Zuri, fils de Badu, j'ai l'honneur d'accueillir les tribus du Wakanda qui vont participer à ce rituel ! déclare-t-il en levant sa lance. Voici à présent le prince T'Challa, *alias* Black Panther !

Le *Royal Talon Fighter* apparaît dans le ciel au-dessus de la cascade, puis descend en direction de l'arène des Défis. T'Challa plonge hors du vaisseau et se pose sur le terrain. Il ne porte pas son costume de Black Panther, mais son corps est couvert de motifs peints, imitant le pelage d'un léopard. Armé d'une courte lance et d'un bouclier, il contemple l'immense foule.

Depuis son siège parmi les autres membres de la tribu de la Rivière, Nakia observe T'Challa. Elle doit être l'une des rares personnes présentes à se douter qu'il est intimidé, en dépit de son attitude pleine d'assurance. La jeune femme sourit, consciente de l'embarras du prince. Elle sait qu'il déteste être le centre de l'attention.

T'Challa s'incline devant Zuri, qui lui tend une coupe.

— Bois ce breuvage, prince, et les pouvoirs que le dieu Panthère t'a conférés te seront momentanément enlevés afin que tu affrontes tes adversaires d'égal à égal.

T'Challa obéit sans discuter. Quelques secondes plus tard, les veines de ses bras s'assombrissent et une sensation de brûlure parcourt son corps tout entier. Ses pouvoirs s'échappent de lui à mesure que la potion fait effet.

Il rend la coupe à Zuri, qui sort alors d'une sacoche un masque de panthère. Il le donne au prince, qui l'enfile. Puis le grand chamane s'adresse aux Wakandais :

— Lors d'un combat rituel, la victoire est obtenue seulement si l'adversaire meurt ou se rend. Ceux qui s'y opposeront le paieront de leur vie. Je vous offre à présent un moyen d'accéder au trône. L'une des tribus a-t-elle un guerrier à proposer ?

— La tribu des Mineurs renonce à défier le prince T'Challa, annonce l'Ancien.

Zuri acquiesce d'un signe de tête. L'Ancien et le guerrier vont prendre place parmi les leurs. Chacune à leur tour, les trois autres tribus les imitent – aucune d'elles ne souhaitant contester l'autorité de T'Challa.

Une couronne entre les mains, le grand chamane se tourne vers le prince.

— Tribus du Wakanda, T'Challa est dorénavant...

Il est interrompu par des battements de tambour. Six guerriers émergent d'une grotte et apparaissent dans l'arène, accompagnés de deux hommes qui jouent du tamtam. Tous sont équipés de boucliers en bois et de longues lances. À leur vue, la foule laisse échapper des murmures de surprise.

Le plus grand des guerriers, dont le visage est dissimulé sous un masque de gorille, s'approche de Zuri.

— Comment osez-vous perturber cette cérémonie ? l'interroge le chamane avec mépris.

L'inconnu ôte alors son masque. Il affiche un sourire cruel, et ses yeux sont remplis de haine.

— Moi, M'Baku, chef du clan des Jabari, demande à participer à ces rituels, mugit-il afin que tous l'entendent distinctement. Nous refusons d'en être exclus !

— Nous avons négocié un accord avec votre tribu, rétorque Zuri. Nous vous autorisons à vivre dans vos montagnes et, en échange, vous nous laissez en paix.

M'Baku le foudroie du regard, puis se met à marcher de long en large dans l'arène.

— Ce pacte a été conclu il y a des siècles, sorcier ! affirme-t-il. Aujourd'hui, cela doit changer. Nous vous avons surveillés depuis nos montagnes. Nous avons entendu parler des voyages de T'Challa vers le monde extérieur. Nous avons appris avec indignation que vos développements technologiques sont supervisés par une enfant qui méprise les traditions, accuse-t-il en se tournant vers Shuri.

Celle-ci se raidit sur son siège. Ayo s'avance pour se placer devant la famille royale, tandis que M'Baku s'approche de T'Challa.

— Et maintenant, vous confiez les rênes du pouvoir à un prince qui n'a même pas su protéger son propre père ? tonne le Jabari. Nous nous opposons à ce choix !

À ces mots, T'Challa serre les poings tout en s'efforçant de garder son calme.

M'Baku se dirige vers le centre de l'arène.

— Moi, chef du clan des Jabari, souhaite défier ce prince au combat afin d'accéder au trône du Wakanda !

Les joueurs de tam-tam recommencent à marteler leurs instruments sur un rythme rapide.

Zuri regarde alors T'Challa, qui semble indécis.

— J'accepte de t'affronter, M'Baku, finit par dire le prince.

Indifférent à la main tendue de T'Challa, le chef des Jabari remet son masque de gorille et frappe sa lance sur le sol.

— Gloire à Hanuman, le dieu-singe ! hurle-t-il.

Tandis que Zuri quitte l'arène pour aller s'asseoir auprès de la famille royale, les deux adversaires commencent à se tourner autour, chacun attendant de voir si l'autre attaquera le premier. Les guerriers Jabari et les Dora Milaje se font face de chaque côté du terrain.

Sans prévenir, M'Baku s'élance vers T'Challa et le frappe à la poitrine, si violemment que le prince est projeté à terre. Son ennemi en profite pour brandir sa lance au-dessus de lui, mais T'Challa roule habilement sur le côté et décoche un coup de pied dans les jambes de M'Baku, qui perd un instant l'équilibre. À chaque attaque, les Jabari et les Dora Milaje avancent d'un pas, obligeant les deux combattants à se rapprocher du centre de l'arène.

T'Challa se relève d'un bond, fait tournoyer une jambe et heurte M'Baku au ventre.

Celui-ci laisse échapper un grognement de douleur, puis se ressaisit très vite. Une lueur de rage dans les yeux, il saute haut dans les airs. Son pied frappe la tête du prince, qui lâche son bouclier et sa lance, avant de s'écrouler. Privé de ses pouvoirs de Black Panther, T'Challa n'est pas aussi puissant que son adversaire. Il se sent si vulnérable qu'il se demande s'il réussira à repousser les prochaines attaques du Jabari – sans même parler de le vaincre.

À peine le prince a-t-il le temps de reprendre son souffle que M'Baku se précipite de nouveau sur lui.

Dans les gradins, Shuri jette un coup d'œil inquiet à sa mère.

— Il va gagner, la rassure Ramonda. Il lui faut simplement trouver la force qui est en lui. Pour sa famille et pour le Wakanda.

La jeune fille se lève et hurle à son frère :

— Vas-y, T'Challa ! Botte-lui les fesses et renvoie-le dans ses montagnes !

— T'Challa ! T'Challa ! crie à son tour Nakia.

Elle est bientôt imitée par Ramonda, Ayo et Okoye, puis tous les Wakandais se mettent à scander le nom de leur prince.

Pendant que M'Baku continue de faire pleuvoir les coups sur T'Challa, ce dernier distingue les encouragements de sa famille, de ses amis et de son peuple. Fournissant un effort inouï, il esquive le poing de son adversaire, dont la main heurte brutalement le sol de l'arène. Puis le prince rassemble ses forces et s'empare de la lance de M'Baku. Tandis que les deux hommes se disputent l'arme, celle-ci se brise en deux.

Alors que les guerriers Jabari et les Dora Milaje avancent encore d'un pas, T'Challa s'écarte en roulant sur le côté et ramasse la lance qu'il a lâchée un peu plus tôt. D'un mouvement fluide, il pivote et enfonce la pointe de son arme dans la cuisse de M'Baku, qui pousse un hurlement. La foule acclame bruyamment le prince, qui bondit dans les airs et enroule ses jambes autour du cou de son opposant, l'obligeant à basculer à terre.

— Rends-toi ! ordonne T'Challa.

— Ja... mais, grogne le Jabari sur un ton de défi.

Le prince exerce une pression plus forte sur le cou de son adversaire.

— Je refuse de te tuer, M'Baku ! Tu dois te rendre ! Non pas pour moi, mais pour le clan dont l'existence dépend de toi. Ils ont besoin de toi.

Les jambes musclées de T'Challa se resserrent encore autour du cou du guerrier Jabari, qui continue de lutter.

— M'Baku, je t'en supplie, reprend le prince. Fais-le pour ton clan.

Finalement, après un long silence, M'Baku lève la main et frappe le sol deux fois pour indiquer qu'il capitule. T'Challa desserre lentement son étreinte, et son adversaire roule sur le dos.

— Je me rends, dit-il faiblement.

Tandis que Zuri s'approche de lui, T'Challa se redresse en tremblant et regarde la foule, à présent silencieuse, qui entoure l'arène.

— Vive le Wakanda ! tonne le prince en levant le poing vers le ciel.

Un rugissement d'approbation monte dans l'assistance. Zuri se place à côté du vainqueur.

— Voici le roi T'Challa, la Black Panther ! proclame le chamane.

Des clameurs de joie retentissent de toutes parts.

Le nouveau souverain voit M'Baku arracher la lance plantée dans sa cuisse et la jeter au loin. Puis, suivi des membres de son clan, le chef des Jabari s'engouffre de nouveau dans la grotte par laquelle il est arrivé. Aucun d'eux n'a félicité T'Challa.

Mais ce dernier ne s'en soucie guère, car il a bien d'autres affaires à régler. Il reporte son attention sur les citoyens wakandais. Il a maintenant pour mission de régner sur son pays et de protéger son peuple. Telle est sa destinée.

Ce soir-là, T'Challa entre dans la salle des Rois, où Zuri l'attend.

— Mon roi, le salue le grand chamane en s'inclinant.

T'Challa l'imite, tandis qu'un frisson le parcourt : c'est la première fois que l'on s'adresse à lui avec autant de respect.

Zuri prend une coupe posée près de lui. T'Challa sait qu'elle est remplie d'une potion préparée avec une plante dont les feuilles sont en forme de cœurs. Le breuvage scintille légèrement.

— Étends-toi, ordonne le grand chamane.

Le nouveau souverain s'allonge sur le sol poussiéreux.

— Tu as gagné le droit de récupérer les pouvoirs de la Black Panther, comme tous les rois du Wakanda depuis des siècles. Ces pouvoirs se sont transmis d'une génération à l'autre, comme ton père l'a fait avec toi. Bois, ajoute Zuri en portant la coupe aux lèvres de T'Challa.

Celui-ci vide son contenu sans hésiter un seul instant. Aussitôt, il sent une force inouïe courir dans ses veines. Les battements de son cœur résonnent à ses oreilles.

— Détends-toi, conseille Zuri. Ton esprit va maintenant quitter ton corps et voyager jusqu'à la dimension ancestrale, comme l'exige la tradition du couronnement. Tu t'entretiendras avec les Black Panthers et les rois qui t'ont précédé.

T'Challa a soudain l'impression que le monde tourbillonne autour de lui. Puis il sombre dans les ténèbres...

Quand T'Challa rouvre les yeux, il se trouve entouré de grands acacias, dans une prairie aux hautes herbes qui ondulent dans la brise. Au-dessus de lui, dans le ciel nocturne, les étoiles sont plus éblouissantes que d'habitude et paraissent tourner lentement sur elles-mêmes.

En se relevant, T'Challa voit des panthères perchées sur les branches d'un arbre. Leurs yeux sont d'un jaune lumineux, et leur pelage noir se confond avec la nuit. Ce sont les esprits des Black Panthers des générations passées.

Tout à coup, l'une d'elles bondit vers le sol et se transforme en une silhouette familière en s'approchant de T'Challa.

— Baba, chuchote le nouveau roi, au bord des larmes.

L'esprit de T'Chaka, vêtu de ses atours royaux, se tient devant lui. L'ombre d'un T'Chaka plus jeune, portant son costume de Black Panther, apparaît ensuite à côté de lui, et les deux personnages se fondent l'un avec l'autre. T'Challa serre alors son père dans ses bras.

— Mon fils, mon roi, ma Black Panther, murmure T'Chaka avec fierté. Je n'ai jamais douté de toi.

— J'ai pourtant douté de moi-même, Baba. Pardonnez-moi. Pendant un instant, j'ai cru que j'allais perdre le combat.

— Et comment as-tu réussi à le surmonter ?

— Grâce aux encouragements de mon peuple. Je ne pouvais le décevoir, répond T'Challa.

Il se remémore le moment où, dans l'arène, il a été presque certain que M'Baku allait le vaincre, juste avant que les Wakandais ne commencent à scander son nom.

— N'oublie jamais ce sentiment, mon fils, reprend T'Chaka en souriant. Ton peuple a en effet besoin que tu le guides. Le chemin d'un souverain est long et semé de périodes d'incertitude. J'ai moi-même traversé des moments de crise, durant lesquels je me suis demandé si mes décisions étaient bénéfiques pour notre pays.

T'Challa est surpris d'entendre son père parler ainsi. Il a toujours admiré T'Chaka, le prenant pour un roi puissant et confiant.

— Vraiment ? dit-il, incrédule.

— Évidemment, mon fils. Je me suis entouré de conseillers et d'anciens pleins de sagesse. Et, bien entendu, ta mère était auprès de moi. C'est parce que tu ne m'as jamais vu douter en tant que souverain que j'ai pu réussir et te guider.

— Vous nous avez été enlevé trop tôt, Baba, soupire T'Challa. Je ne me sens pas prêt à gouverner le Wakanda.

T'Chaka place alors les mains sur les épaules de son fils et le regarde droit dans les yeux.

— Un homme qui n'a pas préparé ses enfants à sa mort n'est pas un père digne de ce nom. Est-ce ce que tu penses de moi ?

T'Challa fait non de la tête.

— Tu dois aller de l'avant, ajoute l'esprit de T'Chaka. Mon époque est révolue.

— Comment diriger les tribus, Baba ? s'inquiète T'Challa. Je veux être un aussi grand roi que vous.

— Ce sera difficile, mon fils, reconnaît son père avec une pointe de tristesse dans la voix.

— Pourquoi ?

— Parce que tu es un homme bon, explique T'Chaka. Et que les hommes comme toi ont toujours du mal à gouverner.

— Mais vous aussi, vous étiez bon, lui rappelle son fils.

— Oui, ce qui m'a causé bien des difficultés, avoue l'ancien roi. Écoute ton cœur, il te guidera au mieux. Au fond de toi, tu sauras ce qui est juste pour notre royaume, et tes conseillers t'aideront.

Levant les yeux pour contempler les étoiles, T'Chaka pousse un long soupir, puis reporte son attention sur T'Challa.

— Le moment qui nous a été accordé va s'achever, mon fils. Va de l'avant et dirige nos tribus au mieux. Mon esprit sera toujours à tes côtés. Puise ta force dans les pouvoirs de Black Panther et entoure-toi d'êtres qui te sont chers, car ils savent ce qui est bon pour toi.

T'Chaka serre son fils dans ses bras. Quelques secondes plus tard, T'Challa sent le monde tournoyer de nouveau autour de lui, sa vision se brouille, puis les ténèbres l'enveloppent.

T'Challa rouvre brusquement les yeux. Il est de retour dans la salle des Rois, près de Zuri.

— Renvoie-moi dans la dimension ancestrale, supplie-t-il. J'ai d'autres questions.

Le grand chamane secoue la tête.

— Tu auras toujours des questions. C'est ce qui fera de toi un bon roi.

— J'ai dit à T'Chaka que je ne me sentais pas encore prêt.

— Qu'est-ce qui te préoccupe le plus ? interroge Zuri.

—Je n'ai pas pu empêcher la mort de mon père. Lors de la rencontre des Nations unies, je lui ai fait part de mes inquiétudes. J'avais deviné que quelque chose n'allait pas, mais je n'ai pas agi, avoue T'Challa en baissant les yeux. M'Baku avait peut-être raison. Comment puis-je être roi alors que je n'ai pas su protéger mon propre père ?

Zuri place gentiment la main sous le menton de T'Challa et l'oblige à relever la tête.

— Ne te soucie pas des paroles de ce Jabari. Il ne comprend pas de quoi il parle. Au fond de toi, tu sais que tu as agi pour le mieux. Tu sais aussi que rien n'aurait pu empêcher ton père de prononcer son discours ce jour-là. C'était une décision importante, qu'il a prise seul. Les conséquences de ses choix ne doivent pas retomber sur tes épaules. Débarrasse-toi de ce fardeau et apprends à te pardonner.

— À t'entendre, cela semble tellement facile, répond doucement T'Challa.

— Garde toujours ces mots à l'esprit, mon roi : le monde est trop imprévisible pour qu'on puisse deviner ce qui surviendra ensuite. Tu ne peux t'y préparer qu'en essayant d'anticiper. Personne ne sait ce que l'avenir réserve ni d'où surgira la prochaine menace, pas même un roi.

T'Challa réfléchit aux paroles de Zuri et aux conseils que T'Chaka lui a donnés dans la dimension ancestrale. Puis il se dirige vers le cercueil de son père, l'embrasse et sort de la salle souterraine : il est désormais le roi du Wakanda.

*Londres, Royaume-Uni.*

Il pleut à Londres.

*Comme d'habitude*, songe Mme Manning, la directrice du Musée de Grande-Bretagne, tandis qu'elle attend dans la file de la cafétéria. Quand vient son tour, elle s'approche du comptoir et remarque une serveuse qu'elle ne connaît pas.

— Bonjour, la salue la directrice. Vous êtes nouvelle ?

— Oui, madame, répond la jeune femme avec un accent américain.

— Dans ce cas, soyez la bienvenue. Je voudrais un thé noir avec du lait et du sucre, s'il vous plaît.

Pendant que la serveuse prépare sa commande, Mme Manning regarde autour d'elle. Le musée est déjà bien animé. Des touristes, des visiteurs réguliers et un groupe d'écoliers accompagnés de leur professeur se pressent dans le hall d'entrée, avant de se diriger vers les salles d'exposition. *La journée va être chargée,* comprend-elle.

— Voici, madame, déclare la serveuse, interrompant le fil de ses pensées.

La directrice prend la tasse que lui tend la jeune femme et boit une gorgée de thé.

— Parfait, merci beaucoup, dit-elle en souriant.

Alors qu'elle s'éloigne vers son bureau, Edmund, l'un des gardes chargés de la sécurité, l'appelle :

— Madame Manning ?

— Oui ?

— Un monsieur demande à vous voir dans la salle des arts d'Afrique de l'Ouest.

La directrice fronce les sourcils. Généralement, les visiteurs ne requièrent pas sa présence dans les salles d'exposition.

— Quel est le problème, au juste ?

— Je l'ignore, madame, répond le garde. On dirait simplement qu'il est en train de se promener dans un centre commercial.

— Merci, Edmund, je m'en occupe.

Le bruit de ses talons hauts résonnant sur le parquet, la directrice arrive à la salle des arts d'Afrique de l'Ouest, où elle découvre un homme très grand, à la peau sombre et à l'allure imposante. Il porte un costume élégant et coûteux, ainsi qu'une grosse chaîne en or autour du cou. Edmund a vu juste : la façon dont cet individu étudie les objets exposés donne en effet l'impression qu'il cherche à acheter quelque chose.

— Bonjour, je suis madame Manning, la directrice du musée, se présente-t-elle. Vous souhaitiez me rencontrer?

Elle lui tend la main, mais l'homme l'ignore.

— Que savez-vous de ce masque africain ? demande-t-il brusquement en désignant l'objet accroché au mur.

— C'est un masque tribal de chamane datant du IXe siècle, originaire du Bénin, explique poliment Mme Manning, surprise par le ton abrupt de l'homme. Nous pensons qu'il était employé lors des cérémonies funéraires.

— Et celui-ci ? interroge l'individu en montrant un autre objet.

— Une hache du XIe siècle retrouvée dans la région de Tanger, répond la directrice. On s'en servait pour couper du bois et fabriquer des huttes.

L'homme s'approche alors d'une vitrine et étudie un outil qui semble l'intéresser tout particulièrement. Sans lui laisser le temps de poser sa question, Mme Manning décrit l'objet :

— Ce marteau de mineur date du VIIe siècle. Il vient aussi du Bénin et appartenait à la tribu des Peuls...

— Non, l'interrompt l'inconnu.

— Pardon ? réplique la directrice d'une voix glaciale.

Ce visiteur commence à sérieusement l'agacer. Comme s'il l'avait deviné, ce dernier tend enfin la main à Mme Manning, qui la serre avec hésitation.

— Eric Killmonger, se présente-t-il. Vous faites erreur à propos de ce marteau. Des soldats britanniques l'ont en effet trouvé au Bénin, mais il ne date pas du VIIe siècle.

Il pose sur la directrice un regard qui la met très mal à l'aise.

— Ce marteau est vieux de plus de deux millénaires, poursuit-il. Il est constitué de vibranium pur et vient du Wakanda. Vous n'avez sûrement jamais entendu parler de ce pays et vous ne possédez sans doute aucun autre objet originaire de cette région, mais c'est normal : les Wakandais sont réputés pour être très possessifs.

— Je... je... bredouille Mme Manning.

Le visage de Killmonger s'assombrit.

— Vous savez quoi ? Je vais vous débarrasser de cet outil. Vous l'exposez ici depuis trop longtemps, ajoute-t-il avec un sourire menaçant.

Avant que la directrice puisse protester, une douleur aiguë lui traverse le ventre. Elle s'écroule et perd aussitôt connaissance.

— Ces *British* sont capables d'avaler n'importe quoi, du moment qu'on leur fait croire que c'est du thé ! s'exclame Killmonger en éclatant de rire.

Il aperçoit quelques touristes à l'autre bout de la salle.

— Hé ! appelle-t-il. On a besoin d'un médecin !

Moins de quelques secondes plus tard, deux secouristes arrivent précipitamment en portant une civière. Ils demandent aux visiteurs d'évacuer la salle dans le plus grand calme, puis reportent leur attention sur la directrice.

— Elle a l'air plutôt mal en point, pas vrai, Limbani ? remarque l'un d'eux.

— Bien d'accord, Klaue ! répond l'autre, amusé.

Ces hommes ne sont évidemment pas des secouristes, mais Ulysse Klaue, trafiquant, voleur et terroriste, et son complice, Limbani. Ils sont recherchés par toutes les polices du monde pour plus d'une dizaine de méfaits, dont l'explosion d'une puissante bombe au Wakanda. Cet attentat a causé de nombreuses morts et a permis aux criminels de s'emparer de cent cinquante kilos de vibranium pur.

Klaue se tourne vers Killmonger, avec lequel il est maintenant associé, et ôte ses gants. Il baisse les yeux vers la prothèse remplaçant désormais sa main droite, qui a été pulvérisée par Ultron, puis observe le marteau.

— Voyons si tu as dit vrai, Killmonger, déclare le trafiquant.

Mais avant qu'il puisse faire quoi que ce soit, deux gardes surgissent dans la salle en courant.

— Vous avez besoin d'aide? demande l'un d'eux. Qu'est-il arrivé à madame Manning?

— Elle va se remettre, rassurez-vous, réplique Klaue. En tout cas, nous avons trouvé ce que nous cherchions. Merci, mais nous nous débrouillerons sans vous!

À ces mots, il lève le bras et vise les gardes. Une onde sonique jaillit de sa prothèse et projette les deux hommes en arrière.

— Ils sont dans les vapes, constate Limbani en se penchant vers eux.

Klaue se tourne vers la vitrine derrière laquelle le marteau est exposé : un tir suffit pour qu'elle explose en milliers d'éclats, sans pour autant endommager son contenu. L'homme s'approche et s'empare de l'outil qui, selon Killmonger, aurait été fabriqué au Wakanda avec du vibranium. Dès qu'il entre en contact avec la main bionique de Klaue, celle-ci se met à vibrer et à grésiller. Lentement, des couches de saleté s'effritent à la surface de l'ustensile pour peu à peu dévoiler un marteau étincelant.

— Waouh ! s'écrie Killmonger. Je te l'avais bien dit !

— Beau travail, le félicite Klaue, souriant. On va en tirer une petite fortune.

— En essayant de vendre du vibranium au marché noir ? Bonne chance, ironise Killmonger.

— Je ne suis pas un amateur, mon garçon, rétorque le trafiquant. J'ai déjà trouvé un acheteur.

— J'espère que tu sais ce que tu fais. Dès que la nouvelle de ce vol commencera à circuler, tous les Wakandais seront à tes trousses, prévient son associé. Ils n'apprécient pas vraiment les voleurs.

Klaue lève sa prothèse bionique et la place à quelques centimètres du visage de Killmonger.

— Ce ne sera pas la première fois que j'aurai affaire aux Wakandais, affirme le trafiquant. Tu as accompli ta mission en nous conduisant jusqu'ici. À présent, terminons au plus vite afin de pouvoir passer à l'étape suivante.

— Très bien, c'est toi le chef, répond Killmonger en hochant la tête.

Il s'allonge dans un sac ouvert, posé sur le brancard amené plus tôt. Klaue place ensuite le marteau de vibranium sur son torse. Enfin, Limbani s'empresse de refermer le sac.

Les deux malfaiteurs soulèvent le brancard et sortent du musée en empruntant une issue de secours. Comme prévu, une ambulance les attend dehors.

Ils déposent la civière à l'arrière du véhicule. Klaue s'installe à côté d'elle, pendant que Limbani va s'asseoir à l'avant, près du conducteur... Ou plutôt de la conductrice, car il s'agit de la jeune femme qui a servi une tasse de thé à Mme Manning...

— Bravo, la félicite Limbani. Mais je ne te commanderai jamais à boire ! ajoute-t-il en riant.

— Filons d'ici, ordonne Klaue.

Tandis que la femme démarre le moteur, le trafiquant ouvre le sac et libère Killmonger. Il prend le marteau de vibranium et le contemple avec une lueur de joie dans les yeux. Le véhicule s'éloigne en trombe du musée pour se faufiler dans la circulation londonienne.

Quelques instants plus tard, une seconde ambulance arrive devant le bâtiment. De vrais secouristes en sortent. Équipés d'un brancard vide, ils courent vers la salle où gît la directrice, sans se douter du vol qui vient de s'y dérouler.

Une brise chaude souffle autour du Palais doré, apportant les bruits et les odeurs de la cité environnante. Nakia et T'Challa déambulent dans les rues de Step Town, un quartier prospère et animé où vivent de jeunes artistes et des entrepreneurs qui deviendront sûrement les personnalités les plus importantes de leur génération. T'Challa aime se promener dans cet endroit chaque fois qu'il éprouve le besoin de s'échapper du palais royal.

— Le parfum de mon pays, murmure-t-il en prenant une profonde inspiration.

Nakia et lui viennent de s'immobiliser devant un danseur de rue.

— Et de ton royaume, Majesté, ajoute la jeune femme avec une lueur taquine dans les yeux.

— Je suis peut-être le souverain du Wakanda, mais j'espère que je suis davantage encore pour toi, réplique T'Challa.

Il regarde son amie du coin de l'œil et s'aperçoit qu'elle a rougi. Puis elle sourit tandis qu'un souvenir d'enfance surgit dans sa mémoire.

— Oui, un voleur ! affirme-t-elle.

T'Challa la dévisage sans comprendre.

— Je n'ai jamais rien dérobé de ma vie... proteste-t-il.

Soudain, l'incident lui revient en tête.

— La moto volante d'un garde royal ! s'exclament-ils à l'unisson.

— Je n'avais que dix ans, reprend T'Challa en riant. Ça ne fait pas de moi un criminel professionnel. Et si tu te rappelles bien, c'est toi qui as insisté pour la voler.

— Oui, mais c'est toi qui as subtilisé les perles Kimoyo du garde, rétorque Nakia. Tu étais donc mon complice.

— Nous avons parcouru la cité jusqu'au coucher du soleil, se remémore T'Challa, les yeux dans le vague. C'était une longue journée d'été. Nous sommes rentrés au palais bien après l'heure du dîner. Tu conduisais sans peur.

— En revanche, à notre retour, quand il t'a fallu affronter ton père, tu étais terrifié, se souvient son amie en s'esclaffant.

— Baba était furieux, c'est vrai, mais il s'était inquiété pour nous. Il m'a envoyé me coucher en me privant de repas.

— Tu ne m'avais pas dit qu'il t'avait puni, s'étonne Nakia.

— Je n'ai jamais considéré sa décision comme une punition, répond T'Challa. Au contraire, ça m'a permis de réfléchir. Et j'en suis arrivé à une conclusion : ce soir-là, j'ai réalisé que je voulais être à tes côtés pour le restant de mes jours.

Le roi regarde la jeune femme droit dans les yeux avec l'espoir qu'elle éprouve les mêmes sentiments que lui. Mais elle baisse la tête et se tourne pour observer le danseur qui virevolte avec habileté.

— Je veux repartir sur le terrain, T'Challa, soupire Nakia.

— Tu es toujours aussi indépendante, à ce que je vois, remarque le roi sur un ton désinvolte.

Même si le rejet de Nakia lui fait de la peine, il essaie de ne pas le montrer.

— Je suis sérieuse, insiste son amie. J'ai passé deux ans au Nigeria. Ce que tu as vu l'autre nuit à Chibok n'est qu'une infime partie du travail que j'y ai effectué. Il y a encore beaucoup à faire pour ces femmes. À moins qu'on les invite à se réfugier au Wakanda, ajoute-t-elle en fixant de nouveau T'Challa.

— Nous ne pouvons autoriser des étrangers à franchir nos frontières, sous peine d'enfreindre l'une de nos plus anciennes lois, réplique sèchement le roi. Tu sais ce qui est arrivé à mon père quand il a tendu la main vers le monde extérieur. Cela lui a coûté la vie.

— Et tous les jours, des femmes et des enfants meurent à cause des mercenaires. Je ne peux pas supporter de vivre dans un pays caché, indifférente au sort que ces gens subissent. Je suis navrée, T'Challa, mais c'est ma vocation.

— D'accord, tu repartiras, répond T'Challa. Seulement, cette fois, je vais te confier une autre mission.

— Quelle mission ? demande Nakia, surprise. Je veux retourner au Nigeria !

— J'ai entendu dire qu'il y avait beaucoup à faire à Hawaï, un endroit splendide, rétorque T'Challa avec un clin d'œil. Je pourrais même t'y rejoindre, si tu le souhaites.

Comprenant qu'il cherche à la taquiner, son amie sourit.

— Tu as l'intention de me compliquer les choses, pas vrai ?

— Comme par le passé ! Sans compter que je suis ton roi, désormais, lui rappelle

T'Challa en croisant les bras et en affichant une mine faussement sévère.

— Peu importe, reprend la jeune femme. Je peux très bien subtiliser une autre moto volante et, cette fois, je n'aurai pas besoin d'un complice. Je suis libre, précise-t-elle en lui donnant un coup de coude dans la poitrine.

— Ça, c'est sûr, Nakia, tu n'en as toujours fait qu'à ta tête, reconnaît son ami.

Le danseur achève son numéro. La petite foule qui s'est rassemblée devant lui l'applaudit avec enthousiasme. T'Challa les imite tout en repensant aux paroles que son père a prononcées dans la dimension ancestrale. Il sait que pour gouverner le Wakanda, il va avoir besoin d'aide.

Dans les plaines du Wakanda, les herbes sont assez hautes pour dissimuler un homme.

Sauf si, évidemment, celui-ci est occupé à nourrir un rhinocéros de deux tonnes, ce que W'Kabi, un autre ami d'enfance de T'Challa, est justement en train de faire lorsque le roi s'approche de lui. Honnête et réfléchi, W'Kabi l'a souvent conseillé au fil des années.

— Ce rhinocéros va finir par exploser si tu continues de le nourrir autant. Tu le gâtes trop, le réprimande gentiment T'Challa en admirant l'énorme animal. Je me souviens du jour où tu l'as trouvé, orphelin, à peine capable de se débrouiller seul.

— Les enfants demandent sans cesse à monter sur son dos, répond W'Kabi en décochant un grand sourire à son meilleur ami. Ils sont courageux. Je crois qu'ils prennent exemple sur leur souverain.

Il donne une tape sur l'arrière-train du rhinocéros et le laisse terminer son repas. Puis il se met à marcher dans la prairie à côté de T'Challa.

— J'ai appris que Nakia était de retour, fait observer W'Kabi.

— Elle n'a pas l'intention de rester, explique le roi avec une pointe de tristesse dans la voix. À part elle, personne ne me comprend aussi bien que toi. Et rares sont les Wakandais qui connaissent notre pays mieux que toi, ajoute-t-il en soupirant.

— Tu sembles préoccupé, constate W'Kabi, devinant que son ami a besoin de lui.

— Après le combat dans l'arène des Défis, j'ai pris part à un rituel secret. Grâce à une potion préparée par Zuri, j'ai pu revoir mon père une dernière fois et m'entretenir avec lui, raconte T'Challa. Pour être un bon souverain, il m'a recommandé de m'entourer de gens qui pourront me guider et en qui je peux avoir confiance. Les Anciens des tribus me considèrent comme un jeune aventurier incapable de gouverner. Il faut qu'ils me voient accompagné de quelqu'un qu'ils respectent, un fidèle guerrier wakandais et un stratège intelligent.

— Et en quoi cela me concerne-t-il ? demande W'Kabi, qui a cependant deviné où T'Challa voulait en venir.

Le roi s'immobilise et pose les mains sur les épaules de son ami.

— J'ai besoin d'un conseiller, annonce-t-il. J'espère que tu es prêt à assumer cette tâche.

— Je serai honoré de te servir, accepte aussitôt W'Kabi sur un ton affectueux.

Les deux hommes s'étreignent, puis W'Kabi s'écarte en affichant un sourire espiègle.

— Voici mon premier conseil : mieux vaut éviter de jouer à l'Avenger et de te montrer en plein jour en costume de Black Panther !

T'Challa éclate de rire, mais son ami ne peut s'empêcher de remarquer qu'il n'est pas complètement soulagé.

— Si tu as envie que je te guide, tu dois me dire ce qui t'inquiète, mon roi.

T'Challa secoue la tête avec un air de regret.

— C'est Nakia, avoue-t-il. Elle m'a dit quelque chose que je n'arrive pas à chasser de mes pensées. Elle veut faire davantage pour les femmes et les enfants opprimés qu'elle essaie de libérer dans le monde extérieur. D'après elle, le Wakanda devrait accueillir les réfugiés qui n'ont nulle part où aller.

W'Kabi semble stupéfait.

— As-tu vraiment conscience de ce que Nakia propose, mon roi ? C'est dangereux. Si nous laissons des étrangers s'installer chez nous, leurs problèmes deviendront les nôtres. Et bientôt, le Wakanda sera un pays comme les autres.

T'Challa réfléchit un instant.

— Pourtant, si nous avons les moyens d'aider ces gens...

Avant qu'il puisse terminer sa phrase, un éclat lumineux jaillit de ses bracelets en perles Kimoyo, et un hologramme du visage d'Okoye apparaît devant lui, au beau milieu de la prairie.

— Navrée de t'interrompre, Majesté. Tu ne devineras jamais ce que nos radars viennent de repérer : Ulysse Klaue a refait surface !

T'Challa sent le découragement l'envahir. Klaue, l'ennemi juré du Wakanda, est une

menace perpétuelle. Il s'est donné pour objectif de voler du vibranium et d'exploiter cette précieuse ressource naturelle afin de servir ses propres intérêts.

— Rassemble immédiatement le conseil tribal, ordonne le roi à la Dora Milaje. Nous vous rejoignons au plus vite.

Puis il se tourne vers W'Kabi.

— Nous reprendrons cette conversation plus tard. Je crois que notre première épreuve est arrivée.

Les deux amis s'élancent à travers les hautes herbes en direction du palais royal.

Okoye se tient devant T'Challa, Ramonda, W'Kabi et les Anciens de chaque tribu. La Dora Milaje leur raconte comment s'est déroulé le vol du marteau en vibranium au Musée de Grande-Bretagne.

— Leur fuite était parfaitement organisée, explique-t-elle. Klaue avait tout planifié.

— Le connaissant, il cherchera sûrement à vendre le marteau au plus offrant, ajoute sombrement T'Challa.

— En effet, acquiesce Okoye. Nous savons qu'il a déjà un acheteur potentiel. Nous avons même pu localiser l'endroit où la transaction devrait avoir lieu : à Busan, en Corée du Sud. C'est une ville célèbre pour son marché noir.

— Dans ce cas, c'est là-bas que je capturerai Klaue, décide T'Challa.

Aussitôt, des protestations fusent autour de lui.

— Tu viens juste d'être couronné ! lui rappelle l'Ancien de la tribu des Mineurs. Ta place est ici.

— Mieux vaut confier cette mission aux Dora Milaje, tu ne crois pas ? suggère gentiment Ramonda.

Mais son fils ne l'entend pas de cette oreille.

— Klaue est le seul à avoir réussi à envahir le Wakanda et à voler du vibranium, déclare-t-il avec passion. Il s'en est ensuite servi pour prêter assistance à Ultron, qui a semé le chaos en Sokovie. Il est aussi responsable de la mort de dizaines de Wakandais lors de l'explosion qui lui a permis de s'échapper. Mon père a toujours regretté de ne pas avoir pu capturer ce criminel au cours des trente dernières années. Je vous promets de terminer ce que T'Chaka a commencé.

Les Anciens se taisent, conscients que leur roi a soulevé des points indiscutables.

— Le Wakanda a besoin que son souverain et Black Panther punissent enfin Klaue pour ses méfaits, ajoute T'Challa avant de se tourner vers W'Kabi.

— Notre roi a raison, approuve-t-il. C'est à lui de diriger cette opération, assisté d'une petite équipe de Dora Milaje.

Le conseil Tribal murmure son assentiment. Les Anciens n'ont pas l'air entièrement satisfaits, mais ils comprennent l'importance de cette tâche.

Une fois la réunion achevée, T'Challa se retrouve seul avec W'Kabi et Okoye.

— J'aimerais tant partir avec toi et te protéger, soupire le conseiller royal.

— Je crois que la princesse Shuri a préparé pour son frère quelques objets qui devraient te tranquilliser, W'Kabi, explique la Dora Milaje. Elle t'attend dans son laboratoire, Majesté, précise-t-elle.

— Comment savait-elle que je déciderais de participer à cette mission ? s'étonne T'Challa.

— Elle n'en a jamais douté, répond Okoye avec un sourire.

T'Challa se rend au mont Bashenga, que l'on surnomme aussi la Grande Montagne, la source principale du vibranium. L'un de ses flancs est une falaise abrupte, l'autre est parsemé de collines en pente douce. Au sommet se dresse un imposant bâtiment construit à même la roche. C'est le laboratoire qui abrite le Groupe de conception wakandais.

Une fois à l'intérieur, T'Challa ne peut s'empêcher d'admirer ce qui l'entoure. Même s'il a souvent visité cet endroit, il ne manque jamais de s'émerveiller des innovations technologiques que les scientifiques ne cessent d'y développer. Il sourit en entendant une voix familière répartir des tâches aux techniciens :

— Où en sommes-nous concernant le bouclier antigravitationnel du *Royal Talon Fighter*? Assurez-vous que les mises à jour des perles Kimoyo ont été lancées. Je dois aussi consulter les spécifications du nouveau train aéroglisseur.

Shuri semble parfaitement à son aise au milieu de toute cette activité. Vêtue d'une blouse blanche, la princesse ne lève même pas les yeux de son bloc-notes lorsque son frère entre dans le laboratoire.

— J'ai déjà fait envoyer une voiture recouverte de vibranium à Busan, annonce la jeune fille. Elle y sera à ton arrivée.

Elle tend à T'Challa un disque de vibranium.

— Tiens, il me permettra d'interagir à distance avec n'importe quel objet auquel tu l'attacheras, continue-t-elle. Je suppose qu'Okoye t'accompagnera ?

Le roi hoche la tête avant de se racler la gorge.

— Oui, Nakia aussi.

— Nakia ? répète Shuri en écarquillant les yeux.

— Cette mission requiert trois personnes, confirme T'Challa, sur la défensive. Et Nakia souhaite repartir sur le terrain.

En guise de réponse, sa sœur lui adresse un sourire complice, puis désigne une table couverte de sable noir qui ondule comme des vagues. Ce sont des nanites de vibranium.

— En tout cas, tu nous as bien équipés, constate le roi. Et je sais à quel point tu aimes faire étalage de tes talents !

— Attends un peu de voir ce que j'ai concocté pour ton costume, réplique Shuri en s'approchant de deux mannequins.

Le premier est revêtu de l'uniforme traditionnel de Black Panther. Le second est nu, à l'exception d'un collier auquel est accrochée une dent de panthère.

— Mais pourquoi modifier mon costume ? proteste T'Challa. Il me convient parfaitement.

— Oh, il est super, je sais ! s'exclame sa sœur en riant. Du moins si tu as le temps d'enfiler ton casque avant que tes adversaires ne se mettent à te tirer dessus...

— À quoi sert ce collier ? interroge le roi, sans relever le commentaire ironique de sa sœur.

— Justement, c'est ton costume.

— Je préfère mon uniforme habituel, fait sèchement observer son frère.

— Tu regretteras ces paroles dans quelques secondes, assure la princesse, si excitée qu'elle en sautille presque sur place. Active le collier.

— L'activer ? De quelle manière ?

Même si T'Challa sait que le cerveau de sa sœur fonctionne à cent à l'heure, il est de plus en plus irrité.

— Par l'esprit, évidemment ! Imagine ton costume en train de se matérialiser.

Après avoir lancé un regard méfiant à Shuri, le roi se concentre sur le collier. Soudain, des millions de nanites de vibranium en jaillissent : ils tourbillonnent autour du mannequin et le recouvrent de la tête aux pieds, formant une nouvelle armure de Black Panther.

T'Challa reste bouche bée, tandis que Shuri rayonne de fierté.

— Et tu n'as pas encore tout vu ! ajoute-t-elle. À présent, frappe-le.

Sans hésiter, le roi décoche un coup de pied circulaire dans la poitrine du mannequin, le repoussant contre le mur. Shuri le ramasse et désigne l'endroit où le pied de T'Challa est entré en contact avec le costume. Cette zone brille d'une lueur bleutée.

— Les nanites absorbent l'énergie cinétique et la conservent afin de la redistribuer, explique la jeune fille. Frappe-le encore une fois, ordonne-t-elle.

T'Challa s'exécute. Un éclat lumineux s'échappe du costume, et le roi est brutalement projeté en arrière.

— Surprenant, pas vrai ? s'exclame Shuri en gloussant. Avoue que je suis un génie ! Maintenant, enfile ton uniforme... ou ton collier, comme tu voudras. Tu as un ennemi à capturer !

Le roi regarde le costume et se concentre de nouveau. Les nanites se détachent du mannequin et, en tournoyant, reforment le collier à dent de panthère. T'Challa le passe alors autour de son cou.

— Tu es douée, se contente-t-il de dire, admiratif.

— Nous verrons s'il fonctionne aussi bien quand tu seras sur le terrain, réplique Shuri. Allez, viens, j'ai une dernière chose à te montrer avant ton départ.

Dans la ville sud-coréenne de Busan, le marché au poisson de Jagalchi est animé et bruyant de jour comme de nuit. Derrière leurs étals, les marchands vendent les prises du matin. La foule se presse dans les allées étroites.

Okoye gare la voiture envoyée par Shuri le long d'un trottoir et descend du véhicule.

— On peut se dépêcher ? Histoire que j'enlève ce machin au plus vite…

explique-t-elle, agacée, en levant la main vers la perruque qui dissimule son crâne tatoué.

T'Challa et Nakia sortent à leur tour. Les deux Dora Milaje portent de splendides robes de soirée, tandis que le roi a revêtu un costume élégant et enfilé son collier à dent de panthère. Dans des tenues pareilles, ils risquent de se faire remarquer sur ce marché aux poissons.

— Justement, si j'ai accepté de me joindre à vous, c'est pour que l'opération se déroule rapidement, réplique Nakia en se dirigeant vers une vieille marchande.

Toutes deux échangent quelques plaisanteries en coréen, pendant que Nakia désigne Okoye et T'Challa, qui se tiennent à l'écart.

— Pour l'instant, aucun signe de Klaue dans les parages, constate Okoye en regardant autour d'elle.

— Et Nakia s'est apparemment fait une amie, commente le roi en souriant.

La jeune femme, qui revient vers eux, a entendu sa remarque.

— C'est l'un de mes contacts, explique-t-elle en montrant la vieille poissonnière. Nous sommes au bon endroit. Suivez-moi.

Elle pointe le doigt vers un bâtiment devant lequel sont campés deux individus musclés. Les trois Wakandais s'approchent de l'entrée.

— Vos armes, ordonne le plus costaud des gardes.

T'Challa lance un regard interrogateur à Nakia, qui lui fait signe d'obéir. Le roi et les Dora Milaje déposent alors leurs armes aux pieds de l'homme, puis franchissent sans encombre un détecteur de métal. Les gardes les escortent ensuite jusqu'à une pièce immense, pleine de gens tirés à quatre épingles qui n'ont qu'une idée en tête : gagner.

L'établissement, un casino clandestin, bourdonne d'activité. Un balcon circulaire surplombe la salle, et des petits salons sont nichés dans des alcôves. Tous les jeux imaginables sont rassemblés dans cet endroit, qui fourmille de joueurs passionnés prêts à miser de grosses sommes.

— Klaue n'a pas choisi ce lieu pour sa tranquillité, déclare Okoye en balayant la pièce du regard. Dans cette foule, il pourrait être n'importe où.

— Dans un casino, il n'y a rien de plus suspect que trois personnes qui restent plantées sans jouer, avertit Nakia en les entraînant vers la cabine du caissier.

Ils échangent quelques billets contre des jetons de casino, puis se séparent. Chacun d'eux se place à un point stratégique de la salle afin d'avoir une bonne vue d'ensemble.

— Toujours aucun signe de Klaue ou de ses associés, chuchote Okoye dans le micro discrètement fixé à sa robe.

— Non, mais nous avons de la compagnie, répond Nakia en ajustant son oreillette. Je viens de repérer trois... non, attendez...

cinq Américains. Ce sont peut-être les acheteurs de Klaue.

Remarquant l'un des individus en question assis autour d'une table de black-jack, T'Challa fronce les sourcils.

— Ce ne sont pas des Américains ordinaires, constate-t-il en s'approchant.

Il prend place à côté de l'homme et pose des jetons devant lui, tandis que le croupier mélange les cartes.

— Dites-moi, agent spécial Everett Ross, qu'est-ce qui peut bien amener la CIA dans un casino clandestin de Corée du Sud ? demande T'Challa, faussement nonchalant.

Ross sursaute, puis se ressaisit et observe T'Challa du coin de l'œil.

— Je suis là pour les mêmes raisons que le roi du Wakanda, je suppose, réplique-t-il à voix basse. Félicitations, au fait ! Votre couronne vous sied-elle ?

— Ne cherchez pas à me jouer un tour, Ross. J'ai l'intention de partir d'ici avec Klaue.

L'agent spécial désigne les cartes étalées devant le roi.

— Black-jack. Bravo, T'Challa. Mais n'imaginez pas que vous allez gagner à tous les coups ce soir. La mission que m'a confiée le gouvernement des États-Unis ne vous concerne pas. J'ignore quelles sont vos intentions, mais attendez au moins que j'aie terminé de mon côté avant d'intervenir.

T'Challa se penche vers lui et gronde à son oreille :

— Vous n'avez pas saisi : je suis ici pour capturer Klaue. Vous voilà prévenu.

À ces mots, il se lève brusquement et se dirige vers l'un des salons, sans prendre le temps de récupérer les jetons qu'il vient de gagner.

— Je vais les garder pour mon ami si chanceux, dit Ross au croupier.

Il se retourne discrètement et, portant sa manche à ses lèvres, murmure dans un micro :

— Ross à tous les agents : le roi du Wakanda est là. Ne le laissez pas repartir avec notre cible. Vous me recevez ?

Les cinq hommes, répartis dans le casino, lui répondent aussitôt par l'affirmative. Ross croise alors le regard de T'Challa, qui s'est immobilisé à l'autre bout de la salle. Ce dernier le fixe d'un air glacial. L'agent lève son verre, adresse un signe de tête au roi et avale une longue gorgée.

Tous deux savent que la soirée va se révéler encore plus compliquée que prévu.

Dans son micro, Okoye chuchote à T'Challa :

— Tu as rencontré un vieil ami, à ce que je vois.

— Et tu viens d'abandonner une petite fortune sur la table de black-jack, ajoute Nakia.

— Ces Américains appartiennent à la CIA, avertit le roi tout en observant Ross de loin.

— On avait compris, répond Nakia.

— Ça va nous poser problème ? s'inquiète Okoye.

— Tant que Ross reste à sa place et se mêle de ce qui le regarde, nous pourrons repartir avec Klaue, rétorque T'Challa d'une voix tranchante.

Il se dirige vers l'agent spécial, qui vient de se lever pour changer de table, et lui barre le passage.

— Vous ne croyez pas que ça a assez duré, Votre Altesse ? demande Ross, ironique. À moins que ce soit votre argent, que vous êtes venu chercher ? Ne vous en faites pas, j'ai apporté le mien, précise-t-il en tapotant un attaché-case. Mais vous n'avez pas l'intention d'acheter l'objet qui nous intéresse, je suppose ?

T'Challa repousse les jetons que lui tend Ross.

— Rien ne devrait pouvoir acheter la liberté d'un terroriste recherché par toutes les polices, déclare-t-il.

Everett soupire.

— Je me moque du vibranium. Si j'avais voulu en acquérir, je ne serais pas venu ici avec trois de mes meilleurs agents.

— Ils sont cinq, rectifie T'Challa.

— Vous les avez déjà repérés ? Je suis impressionné. Même si je n'en attendais pas moins de Black Panther, évidemment.

— J'ai la ferme intention de capturer Klaue, quoi qu'il en coûte, affirme le roi.

— Nous sommes deux à le vouloir. Toutefois, si le costume de chat se montre, il me faudra peut-être vous arrêter, vous aussi. Ne faites rien que vous et moi pourrions regretter, conseille Ross.

— Si vous contrariez mes projets, c'est vous qui le regretterez, riposte T'Challa.

— Nous n'allons pas jouer à pierre-papier-ciseaux pour savoir lequel de nous deux repartira d'ici en compagnie de Klaue, alors dites à vos deux charmantes gardes du corps de se tenir tranquilles.

À la vue de l'expression stupéfaite du roi, Ross ajoute en souriant :

— Eh oui, j'ai repéré votre équipe, moi aussi.

— Ne faites pas de moi un ennemi, Ross, tente de le raisonner T'Challa. Klaue représente la pire menace que le Wakanda ait jamais connue, et j'ai la possibilité d'y mettre fin dès ce soir. Et si nous devenions alliés ? suggère-t-il.

Soudain, la voix de Nakia résonne dans l'oreillette de T'Challa, assez fort pour que Ross l'entende.

— Vous ne pouvez pas conclure une trêve, tous les deux ? Vous commencez à attirer l'attention des autres clients.

— Au nom du gouvernement des États-Unis et avec tout le respect que je vous dois, je refuse votre proposition, roi T'Challa, réplique Ross avec un sourire forcé. Que le meilleur gagne !

Pendant ce temps, quatre fourgons blindés se garent en face du casino. Ulysse Klaue et une équipe de huit hommes armés en sortent. Ils passent devant les gardes coréens et pénètrent dans le bâtiment.

Leur entrée soudaine attire aussitôt l'attention d'Okoye.

— Klaue est là, accompagné de huit individus, annonce-t-elle dans son micro.

Elle s'engage dans un escalier qui mène au balcon afin de pouvoir mieux surveiller les nouveaux venus.

— Il est arrivé, prévient Ross. Fichez le camp, roi T'Challa.

— Si nous allions nos forces, nous serons à égalité contre lui, propose ce dernier.

— Mes hommes se débrouilleront seuls, réplique l'agent spécial. Disparaissez avant de faire capoter cette opération.

Sur ce, il s'installe à une table de poker et regarde autour de lui. T'Challa s'est volatilisé. Ross est un peu surpris que le roi lui ait enfin obéi. En réalité, ce dernier s'est simplement dirigé vers une table où l'on joue aux dés.

— As-tu repéré le vibranium, Okoye ? interroge T'Challa sans quitter Ross des yeux.

— Non, Majesté. Mais les hommes de Klaue se déploient dans le casino.

— Et ils sont lourdement équipés, ajoute Nakia. Ils ne cherchent même pas à dissimuler leurs armes. Je croyais qu'elles étaient interdites dans cet établissement.

— Ils ne sont pas les seuls à être armés, déclare Okoye en tapotant la courte lance cachée sous sa robe, le long de sa cuisse.

— Effectivement, approuve T'Challa en effleurant son collier.

Klaue rejoint Ross et s'assoit à côté de lui.

— Vous avez les diamants ? demande le trafiquant.

— Comme convenu, acquiesce l'agent spécial en désignant son attaché-case.

Klaue sort de sa veste un sac en papier marron, sur lequel le mot fragile est inscrit au marqueur noir, et le pose sur la table.

— J'ai vainement cherché une boutique qui vendait de jolis emballages cadeaux, fait-il observer. J'espère que celui-ci vous conviendra.

— Oui, tant qu'il contient ce que vous m'avez promis, dit Ross.

— T'Challa... avertit Nakia d'une voix tendue.

— J'ai vu, répond le roi en se rapprochant de la table de poker. Il a le marteau de vibranium.

— Je te déconseille d'intervenir, prévient alors Okoye. Faisons plutôt confiance à la CIA, propose-t-elle. On s'occupera des hommes de Klaue une fois dehors.

— Non, objecte T'Challa. Si le vibranium parvient entre les mains de Ross, on risque de ne pas pouvoir le récupérer et de perdre Klaue de vue.

— Dans ce cas, quel est ton plan, rabat-joie ? interroge Nakia. Le temps presse.

Tête baissée, Okoye s'écarte pour laisser passer l'un des complices de Klaue. Trop tard. L'homme l'a repérée. Il se retourne et commence à la suivre en faisant signe à l'un de ses camarades, qui s'approche à son tour de la Dora Milaje.

— On est à court d'options, j'en ai bien peur, déclare Okoye.

Au même instant, l'individu qui la surveille annonce dans son micro-cravate :

— Des Wakandais sont dans la salle !

— Au moins, je peux enfin me débarrasser de ça, marmonne Okoye en arrachant sa perruque.

D'un mouvement rapide, elle s'empare de sa lance et esquive un coup de poing de son poursuivant, qu'elle repousse vers la rambarde de la galerie. Il bascule dans le vide et s'écrase sur une table, tout près de Ross et de Klaue.

— Vous avez enfreint la règle, constate le trafiquant sur un ton désapprobateur. Vous deviez venir seuls, vos hommes et vous, sans appui extérieur.

— Oh, ces intrus ne sont pas avec nous, assure l'agent spécial.

À l'autre bout du casino, un rugissement retentit.

— Klaue ! tonne T'Challa en se frayant un chemin dans la foule à présent paniquée.

— Les Wakandais ont envoyé leur souverain, quelle chance ! commente le trafiquant. Désolé pour votre père, ajoute-t-il à l'attention de T'Challa. Votre pays a-t-il prévu un autre roi pour vous remplacer ?

Il reprend le sac contenant le marteau de vibranium et lance un regard à Ross.

— Au fait, notre marché est annulé.

T'Challa court à travers la salle, se faufilant entre les joueurs et bondissant au-dessus des tables, mais Klaue s'enfuit avant que le roi ne puisse le rejoindre.

— Je vous avais demandé de ne pas vous mêler de cette opération ! s'emporte Ross, furibond.

En guise de réponse, T'Challa le plaque à terre, alors même que Klaue se retourne et fait feu. Le roi se baisse juste à temps pour éviter le tir.

Ross observe le casino, où règne désormais un chaos absolu. Ses agents sont aux prises avec les hommes de Klaue, et plusieurs combats se sont engagés.

— Tout ça est votre faute, j'espère que vous en êtes conscient, reproche-t-il à T'Challa.

— Ce criminel ne s'échappera pas ! promet le roi en remarquant que Nakia et Okoye affrontent elles aussi les complices de Klaue.

Le terroriste sourit, immobile au centre de la salle. À croire qu'il apprécie la situation…

— Ouvrez le feu ! mugit-il à ses hommes.

T'Challa attrape Ross et le jette derrière la table de poker avant de la faire basculer pour qu'elle leur serve de bouclier contre les balles.

— Je n'arrive pas à le viser ! hurle l'agent spécial, qui a dégainé son revolver. Nous sommes fichus !

T'Challa regarde autour de lui. Les joueurs innocents cherchent des abris ou courent vers la sortie tandis que les tirs des complices de Klaue fusent de tous côtés. Le roi sait que Ross a raison : ils sont piégés, et l'ennemi est mieux armé.

Pire encore, T'Challa a l'impression que Klaue va lui filer entre les doigts, comme il l'a fait autrefois avec T'Chaka.

— Un homme à terre ! avertit l'un des agents dans l'oreillette de Ross.

Les complices de Klaue prennent peu à peu le dessus sur les membres de la CIA, les assommant et les repoussant brutalement.

— Je suis presque à court de renfort, constate Ross. Où en est votre équipe, roi T'Challa ?

Tous deux sont restés derrière la table de poker, tandis que Klaue continue de les prendre pour cible. Le roi lève les yeux vers le balcon, où ses Dora Milaje, fidèles à leur réputation, tiennent vaillamment tête à leurs adversaires.

— Mes guerrières devraient compenser vos pertes, rassure-t-il Ross.

Nakia a engagé un combat à mains nues contre l'un des hommes de Klaue.

— Peut-on leur régler leur compte une bonne fois pour toutes, avant que des innocents ne soient blessés ? demande-t-elle à T'Challa et Okoye dans son micro.

— Je fais de mon mieux, réplique l'autre Dora Milaje.

Elle fiche sa lance dans la cuisse d'un ennemi et lui décoche un puissant uppercut au visage.

— Tu as besoin d'aide ? ajoute-t-elle.

— Non, mais le roi est coincé, indique Nakia.

— Continuez de vous occuper des hommes de Klaue, leur ordonne T'Challa. Je me charge de ce criminel.

Il se tourne vers Ross.

— Quand je vous le dirai, écartez-vous de cette table en restant près du sol et abattez quelques adversaires.

— Qu'allez-vous faire ? interroge l'agent.

T'Challa, qui a senti que le moment était venu, ne prend pas le temps de répondre.

— Allez-y ! se contente-t-il de hurler.

Pendant que Ross exécute une roulade sur le côté, le roi du Wakanda bondit au-dessus de la table et se précipite vers Klaue. Celui-ci fait feu, manquant sa cible de justesse. T'Challa atterrit soudain à un mètre du trafiquant et pointe son arme sur lui.

— Les rois sont à l'épreuve des balles, maintenant ? se moque Klaue.

Il appuie sur sa gâchette... mais rien ne se passe. Il est à court de munitions. T'Challa s'avance et, d'un coup de poing, oblige son adversaire à lâcher son revolver.

— Mains en l'air ? demande Klaue en souriant.

— Oui, ça m'aiderait, gronde le roi.

— Oh, vous m'avez mal compris. Je voulais parler de vous !

Soudain, la prothèse bionique de Klaue se transforme en une sorte d'énorme pistolet, sous les yeux ébahis de T'Challa.

— Voyons si vous allez faire « boum ! » comme votre papa, déclare le trafiquant avec une lueur maléfique dans le regard.

Son disrupteur sonique bourdonne, puis émet un bruit assourdissant tandis que, d'une pirouette, T'Challa se propulse de nouveau derrière la table de poker. L'explosion traverse le plateau, projetant le roi en arrière. Sous le choc, coincé sous des débris, T'Challa cligne des yeux et voit des billets tourbillonner autour de lui, avant de s'évanouir.

— J'ai fait pleuvoir de l'argent ! s'exclame Klaue avec satisfaction.

Il se tourne alors vers ses quatre hommes encore debout et leur ordonne de se diriger vers la sortie. Ceux-ci obéissent, tout en continuant de tirer derrière eux pour dissuader les agents de la CIA de les suivre.

À la vue de leur roi à terre, Nakia et Okoye accourent, mais Everett Ross est déjà près de lui.

— Ne laissez pas Klaue s'échapper ! hurle l'agent aux Dora Milaje. Je m'occupe de T'Challa.

Les deux femmes s'élancent à la poursuite du trafiquant et de ses hommes, tandis que des coups de feu et des cris retentissent autour d'elles. Quand elles atteignent la porte du casino, elles aperçoivent quatre fourgons blindés disparaître dans les ruelles du marché aux poissons.

Les guerrières wakandaises se précipitent vers leur véhicule. Juste avant de s'installer au volant, Nakia jette un disque en vibranium sur une voiture de sport garée tout près. Puis elle démarre en trombe.

— À toi de jouer, Shuri ! dit Nakia dans son micro.

— Je suis prête, répond la princesse dans l'oreillette de la Dora Milaje.

Dans son laboratoire, Shuri est debout devant la table couverte de nanites noires.

— J'ai aussi repéré les quatre fourgons qui viennent de partir, précise-t-elle.

Pendant ce temps, à l'intérieur du casino, Ross essaie tant bien que mal de soulever une lourde barre de métal tombée en travers de T'Challa, qui rouvre soudain les yeux.

— Content que vous ayez repris connaissance, déclare l'agent spécial. Je crois que le Wakanda n'aurait pas supporté d'enterrer deux rois en l'espace de quelques jours.

— Où est Klaue ? demande T'Challa, encore un peu étourdi.

— Vos amies sont à sa poursuite. Pour le moment, il faut vous dégager de ces débris et vérifier que vous...

T'Challa émet un grognement, interrompant Ross, puis repousse si violemment la barre de fer qu'elle va s'écraser quelques mètres plus loin.

— ... n'êtes pas blessé, termine l'agent.

T'Challa se redresse d'un bond, en pleine forme.

— Pas question que Klaue m'échappe à nouveau. Je le jure, sur l'âme de mon père.

Arrachant sa veste en lambeaux, il se dirige vers la sortie d'un pas déterminé.

Maintenant revêtu de son costume de Black Panther, T'Challa sait qu'il doit agir vite.

— Monte dans la deuxième voiture à ta droite, indique la voix de Shuri dans son oreillette. Laisse-moi en prendre les commandes.

Dans le laboratoire du Groupe de conception wakandais, les nanites qui recouvrent la table forment une image holographique représentant le véhicule et la rue qui l'entoure.

Plutôt que de s'installer au volant de la voiture de sport dont le moteur ronfle déjà, T'Challa grimpe sur le toit. Le véhicule s'élance derrière les fourgons en fuite.

— Je vais modifier la signalisation afin que tu n'aies que des feux verts, précise Shuri, tout en « conduisant » la voiture de son frère à distance. Tu devrais rattraper Nakia et Okoye d'ici quelques instants.

De leur côté, les Dora Milaje gagnent peu à peu du terrain sur les fuyards, dont les véhicules se faufilent dans la circulation et n'arrêtent pas de se doubler entre eux.

— À quoi jouent-ils ? s'étonne Nakia.

— Ils essaient de nous embrouiller, pour que l'on ne sache pas lequel des fourgons transporte Klaue, comprend Okoye.

— Attention ! prévient l'autre guerrière.

L'un des conducteurs tire déjà des rafales de mitrailleuse par sa vitre ouverte. Mais les balles ricochent sur la carrosserie de la voiture des Dora Milaje sans causer le moindre dommage.

— Leur véhicule doit être couvert de vibranium, devine l'homme en se tournant vers Klaue, assis sur le siège passager.

— Continue de te diriger vers le pont, ordonne le trafiquant avant de parler dans un talkie-walkie. Nous sommes à dix minutes du lieu de rendez-vous, Limbani. Et toi ?

Depuis un hélicoptère, le complice répond :

— Le long de la côte, à Haeundae. Je t'attends.

Haeundae est un quartier de Busan célèbre pour ses rues vallonnées qui mènent à une plage splendide. C'est un endroit fréquenté par de riches touristes, et Klaue espère qu'il parviendra à y semer les guerrières wakandaises.

La voiture de ces dernières s'est approchée de l'un des fourgons. Lance au poing, Okoye baisse la vitre et se penche à l'extérieur.

— Un peu plus près ! crie-t-elle à Nakia.

— Tu sembles oublier que tu n'es pas faite de vibranium, déclare sa coéquipière. Prends garde à leur mitrailleuse.

Elle déporte la voiture sur la droite afin de ne plus être dans la ligne de mire du conducteur, puis appuie sur l'accélérateur.

— Tu y es presque... marmonne Okoye. Voilà !

Elle propulse sa lance vers les pneus arrière du fourgon. L'arme heurte l'essieu, qui se brise, et le véhicule fait plusieurs tonneaux avant de s'immobiliser sur le flanc.

Les Dora Milaje arrêtent leur voiture. Okoye en sort, bondit sur le camion et regarde à l'intérieur, espérant y trouver Klaue.

— Il n'y a que le conducteur, annonce-t-elle, dépitée. Il a perdu connaissance.

— Dans ce cas, allons vérifier les autres véhicules ! propose Nakia. Vite, ils s'éloignent déjà !

Soudain, une voiture de sport sans chauffeur dépasse les deux guerrières, qui sont stupéfaites de voir Black Panther debout sur le toit.

— Au moins, il sait se faire remarquer ! s'exclame Nakia.

Tandis que les Dora Milaje reprennent la poursuite, Black Panther rejoint peu à peu les fourgons blindés, qui roulent à vive allure dans les rues de Haeundae. Le conducteur d'un des véhicules se penche par la vitre et ouvre le feu sur T'Challa.

— N'oublie pas que ton costume va conserver l'énergie cinétique de ces balles, grand frère ! lui rappelle Shuri depuis son laboratoire.

— Contente-toi de me rapprocher d'eux, réplique Black Panther.

— Tu pourrais au moins reconnaître que cet uniforme est plus efficace que l'ancien, grommelle la princesse tout en faisant accélérer la voiture à distance.

Il se retrouve bientôt à la hauteur de l'un des fourgons. Dès que le chauffeur est à portée de main, Black Panther plante les griffes intégrées à ses gants dans l'arme de son attaquant et la réduit en miettes.

— Aucun signe de Klaue, constate-t-il en scrutant l'intérieur du fourgon.

— Passons au troisième véhicule, suggère Shuri.

La voiture de Black Panther presse encore l'allure tandis que la princesse la dirige vers le camion suivant, qui est pourtant plus rapide. T'Challa ne parvient pas à vérifier si Klaue s'y trouve.

— Je ne peux pas aller plus vite, déclare Shuri.

Black Panther s'élance alors sans les airs, atterrit sur le côté du véhicule et s'agrippe à la carrosserie. Se déplaçant à l'aide de ses griffes, il atteint la vitre du passager.

— Klaue n'est pas là non plus, gronde T'Challa dans son micro.

— Ce qui signifie qu'il est juste devant vous, Nakia et Okoye ! les informe Shuri.

— On s'en occupe ! répond Nakia en mettant la gomme.

Son costume auréolé d'une lumière bleue, Black Panther continue de se cramponner au flanc du fourgon. Le conducteur zigzague sur la route pour essayer de se débarrasser de T'Challa, mais ce dernier tient bon. Jetant un coup d'œil par-dessus son épaule, il remarque que le véhicule qui le suit se rapproche dangereusement de sa voiture de sport, comme s'il avait l'intention de la percuter.

Le roi se souvient alors de l'énergie cinétique stockée dans son costume, et une idée lui traverse l'esprit. Il saute de nouveau sur le toit de sa voiture, qui roule toujours à la hauteur du troisième fourgon.

— À mon signal, déporte mon véhicule sur la droite ! ordonne Black Panther à Shuri.

— Quel signal ? demande la princesse, intriguée.

La réponse ne se fait pas attendre.

T'Challa lance un violent uppercut dans la carrosserie du camion. Un grand fracas retentit et un puissant éclat d'énergie cinétique jaillit du costume de Black Panther. Le chauffeur perd le contrôle du véhicule, qui entre en collision avec celui qui le suit.

— Deux d'un seul coup, waouh ! s'exclame Shuri, impressionnée. Alors, que penses-tu de ton costume, maintenant ?

— Il est efficace, c'est vrai, admet son frère. À présent, conduis-moi jusqu'à Klaue.

La princesse consulte la carte virtuelle qui flotte au-dessus de la table de nanites.

— On dirait qu'il se dirige vers le pont Gwangan, annonce-t-elle. La voiture de Nakia et d'Okoye le talonne.

— Black Panther n'est pas le seul à avoir le droit de s'amuser ! commente Nakia.

Dans son véhicule, Klaue affiche un grand sourire.

— Il est temps de se débarrasser de nos agaçants amis wakandais, pas vrai ? dit-il au conducteur assis à côté de lui avant de se pencher par la vitre du fourgon.

Okoye le repère aussitôt.

— Klaue en vue ! annonce-t-elle.

Elle remarque alors qu'il a levé sa prothèse bionique dans leur direction.

— Nakia ! hurle Okoye.

Son avertissement arrive trop tard. Le trafiquant a déjà fait feu, et son tir sonique percute brutalement la voiture. La carrosserie de vibranium amortit le choc, mais le véhicule commence à vibrer et à se démanteler morceau après morceau, au milieu de la chaussée. Les Dora Milaje s'empressent de détacher leurs ceintures de sécurité, avant d'attraper les poignées des deux portières qui se décrochent brusquement. À bord de ces planches de surfs improvisées, elles glissent sur la chaussée pour s'écarter du véhicule disloqué. Dès que les guerrières s'immobilisent, elles constatent que le fourgon de Klaue est déjà loin.

À cet instant, la voiture de sport de Black Panther les dépasse à vive allure.

— À toi de le rattraper, T'Challa ! lui dit Okoye dans son micro.

Dans le laboratoire de Shuri, une nouvelle image apparaît sur la carte de nanites. Elle représente le pont Gwangan et ses environs.

— J'aperçois un hélicoptère, annonce la princesse à son frère. Je parie que Klaue compte s'enfuir par les airs !

— Il ne m'échappera pas ! assure Black Panther.

Soudain, une berline s'arrête près de Nakia et d'Okoye, restées au bord de la route. L'agent Everett Ross, au volant, baisse sa vitre.

— Ces dames ont-elles envie de faire un tour en voiture ? propose-t-il avec un sourire radieux.

— Nous faisons équipe, maintenant ? s'étonne Nakia, en montant dans le véhicule.

Le visage de Ross s'assombrit.

— Il nous faut Klaue vivant, et je crains que votre roi ne s'en prenne à lui, maintenant qu'il a enfilé son costume de chat.

— Shuri peut nous guider, suggère Okoye.

— Qui ça ? demande l'agent spécial, sans comprendre.

— Oh, comme il est mignon, cet Américain ! ironise la princesse dans l'oreillette des Dora Milaje. Dites-lui simplement de se diriger vers le pont Gwangan. Moi, j'ai déjà une voiture à conduire.

Okoye se tourne vers Ross.

— Shuri est un petit micro, réplique-t-elle en se tapotant l'oreille. Prenez la direction du pont.

L'agent lui jette un coup d'œil intrigué, mais appuie malgré tout sur l'accélérateur.

À moins de deux kilomètres de là, le véhicule de Black Panther gagne du terrain sur celui de Klaue.

— Il faut que je me rapproche encore, dit T'Challa.

— Je fais de mon mieux, soupire Shuri. Décidément, tout le monde a besoin de moi !

Elle reporte son attention sur la table de nanites et augmente une nouvelle fois l'allure de la voiture de sport, qui rejoint petit à petit le fourgon. Par la vitre ouverte, Klaue brandit sa prothèse. Mais, cette fois, Black Panther est prêt.

Deux ou trois mètres seulement séparent les véhicules lorsqu'un rayon jaillit de la prothèse du trafiquant. Tandis que la voiture de sport explose, T'Challa plonge vers le camion et atterrit à la hauteur du coffre. Il plante ses griffes en vibranium dans la roue de secours fixée au-dessus du pare-chocs, l'arrache brutalement, puis s'écarte en roulant sur la chaussée.

Aussitôt, le conducteur perd le contrôle du fourgon, qui bascule vers l'arrière, percute le trottoir et fait plusieurs tonneaux avant de s'arrêter près d'une terrasse de café. Tout en essayant de s'extirper par la vitre, Klaue s'empresse de viser à nouveau Black Panther, qui esquive le tir en sautant sur le côté et s'élance vers le véhicule. Il faut absolument qu'il s'empare de Klaue avant que ses complices ne volent à son secours !

L'hélicoptère piloté par Limbani plane au-dessus d'eux.

— Dois-je l'abattre ? demande-t-il dans sa radio.

— Non, je m'en charge, ricane Klaue en levant encore une fois sa prothèse. Approche, mon minou...

Son disrupteur se recharge en tournoyant sur lui-même. Mais juste avant que le trafiquant ne fasse feu, Black Panther se rue sur lui et arrache sa prothèse. De l'autre main, il tire Klaue hors du fourgon et le plaque au sol.

— Cela fait trop longtemps que tu commets des crimes impunis ! gronde T'Challa, accroupi au-dessus du trafiquant. Mon père t'a pourchassé pendant des années. Je vais terminer ce qu'il a commencé.

Soudain, une berline s'immobilise derrière eux dans un crissement de pneus. Nakia en sort précipitamment.

— Arrête ! s'écrie-t-elle. Ne le tue pas !

En entendant la voix de son amie d'enfance, Black Panther hésite.

— Réfléchis ! poursuit la Dora Milaje en s'approchant. Qu'aurait voulu T'Chaka ? Si cet homme doit être jugé pour ses crimes, il faut qu'il reste en vie.

T'Challa fixe Klaue. Il n'éprouve pour lui que du mépris. Nakia a pourtant raison. S'il cède à ses instincts, Klaue ne sera jamais puni comme il le mérite.

— Inutile de venger le sang par le sang, murmure alors Black Panther.

— Je m'en doutais, tu n'as pas le cran d'aller jusqu'au bout, se moque le trafiquant.

D'un mouvement fluide, T'Challa rétracte ses griffes et referme le poing.

— Pour mon père ! s'exclame-t-il en assommant son ennemi juré d'un seul coup.

Dans le ciel, l'hélicoptère fait demi-tour et s'éloigne en direction du port de Haeundae. Limbani a compris que le combat était perdu – du moins pour l'instant.

Black Panther soulève Klaue, toujours inconscient, et le hisse sur son épaule avant de rejoindre l'agent spécial et les guerrières. Nakia sourit, tandis qu'Okoye s'incline devant son roi.

— Vous pouvez l'interroger, Ross, mais je souhaite être présent, déclare T'Challa. Ensuite, nous l'emmènerons au Wakanda. Bien sûr, ce vibranium nous appartient, ajoute-t-il en tirant de la veste de Klaue le sac contenant le marteau.

— Nous mettrons au point ces détails, assure l'agent spécial en riant. L'essentiel, c'est d'avoir attrapé ce criminel.

Black Panther esquisse un sourire en repensant à son père.

— Oui, je l'ai attrapé.

*Pour toi, Baba,* songe-t-il.

Tandis qu'il dépose Klaue dans la berline, il aperçoit Nakia qui le dévisage avec fierté. Il se rend soudain compte que cette opération représente bien plus que la traque et la capture d'un adversaire. T'Challa a été capable de tenir la promesse faite aux Anciens des tribus.

Il contemple le ciel en imaginant que l'esprit de son père veille sur lui. Pour la première fois depuis qu'il a été couronné roi, T'Challa est plein d'assurance.

Il saura guider les Wakandais.

Il se sent enfin digne d'être leur souverain.

**FIN**

THE AVENGERS

THOR

CAPTAIN AMERICA,
FIRST AVENGER

IRON MAN

IRON MAN 2

MARVEL

IRON MAN 3

THOR,
LE MONDE
DES TÉNÈBRES

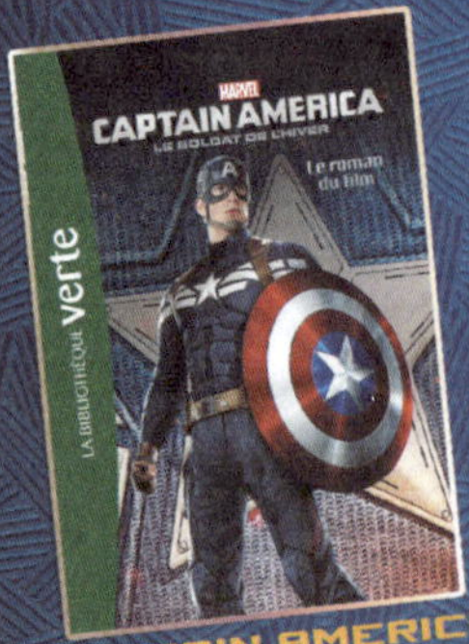


CAPTAIN AMERICA,
LE SOLDAT
DE L'HIVER

LES GARDIENS DE LA GALAXIE

THE AVENGERS. L'ÈRE D'ULTRON

CAPTAIN AMERICA. CIVIL WAR

DOCTOR STRANGE

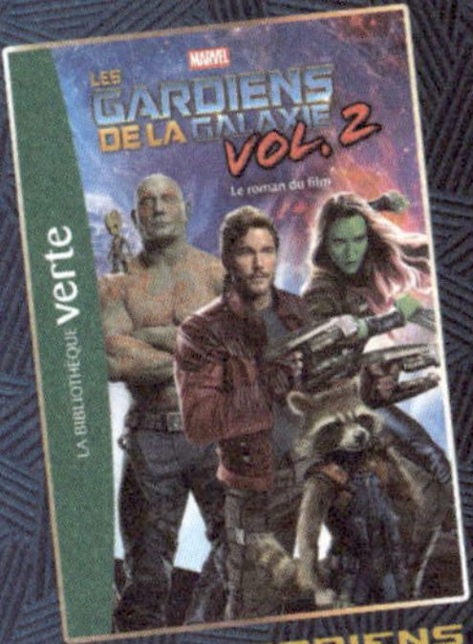


LES GARDIENS DE LA GALAXIE VOL. 2

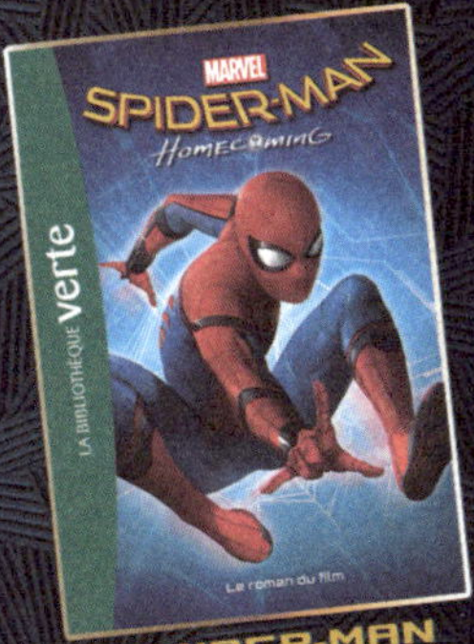


SPIDER-MAN HOMECOMING

ANT-MAN

THOR RAGNAROK

# TABLE

PAPIER À BASE DE FIBRES CERTIFIÉES

hachette s'engage pour l'environnement en réduisant l'empreinte carbone de ses livres. Celle de cet exemplaire est de :
600g éq. $CO_2$
Rendez-vous sur www.hachette-durable.fr

Photogravure Nord Compo - Villeneuve-d'Ascq

Imprimé en Roumanie par G. Canale & C. S.A.
Dépôt légal : janvier 2018
Achevé d'imprimer : décembre 2017
39.3346.7/01 – ISBN 978-2-01-627121-6
*Loi n° 49956 du 16 juillet 1949*
*sur les publications destinées à la jeunesse*